PAYS ET NATIONS V

PAYS ET NATIONS V

PAYS ET NATIONS VI

PAYS ET NATIONS VII

Afrique + Australie Îles du Sud

Canada États-Unis

Amérique latine

1948

Finn ~ Mark Twain

Les compagnons de la cloche qui sonne

Go...

Les brigands de la pampa

Dictionnaire anglais

Dictionnaire Grec

Dictionnaire latin

Nouveau Petit LAROUSSE ILLUSTRÉ

BRICK BRADFORD

où sommes nous?

où allons-nous?

D'où venons-nous?

Villon

Rimbaud

Annapur...

Le Joueur de basket-ball

Texte : Roch Carrier

Illustrations : Sheldon Cohen

Livres Toundra

Cet automne-là, ma mère a plié mes
vêtements dans une vieille malle, puis
elle y a caché des bonbons. Mon père et moi
avons transporté la grosse malle sur le toit
de la Ford bleue. Et nous sommes partis
pour le séminaire. Je ne pleurais pas.

Les arbres étaient si beaux. On aurait
dit que les feuilles avaient trempé dans le
soleil couchant. La route poussiéreuse
sautait de colline en colline pour s'aplatir
dans des villages tranquilles. À la fin, juché
sur la plus haute colline, j'ai aperçu mon
séminaire.

BANQUE
PROVINCIALE

VERS À
VENDRE

½ MI. →

Nous sommes descendus de notre voiture.
Un homme court et barbu est venu s'emparer
de ma malle. Mon père fumait. Ma mère se
mouchait. Mes frères et ma sœur se
chamaillaient.

Quand ma famille est repartie, je suis
resté seul. Mon costume neuf était beaucoup
trop grand pour moi. Je n'ai pas pleuré.
Dans mon séminaire, j'allais trouver tous les
livres qu'il faut lire pour aller loin sur le
chemin de la vie.

Un vieux prêtre nous a placés en rangs,
deux par deux, par ordre de taille, et nous
l'avons suivi en silence.

Au bout d'un long corridor sombre, nous avons abouti dans une salle très grande, très haute. Plusieurs faisaient semblant de ne pas pleurer mais ils avaient les yeux mouillés. Le vieux prêtre m'a déposé un ballon entre les mains. J'étais embarrassé. Tous ces garçons inconnus m'observaient.

– Tu vas lancer le ballon dans le panier que tu vois là-bas.

Le panier était très loin et bien étroit. J'ai lancé le ballon le plus fort que je pouvais. Il est monté lentement jusqu'au plafond, et il est vite retombé juste devant mes pieds.

– Je sais que tu es un champion, même si ça ne se voit pas aujourd'hui, a commenté le vieux prêtre.

– Je n'ai jamais joué à ce jeu-là, ai-je expliqué.

– La meilleure façon d'apprendre, dit le vieux prêtre, c'est de jouer. Tu vas faire partie d'une équipe de basket-ball!

Une cloche a sonné. Le vieux prêtre nous a guidés le long d'autres corridors. L'odeur de quelque chose qui cuisait nous a fait grimacer. Nous sommes entrés dans une salle basse. Des assiettes étaient posées sur de longues tables. Les plus grands étudiants nous ont servi du ragoût brunâtre. Le vieux prêtre nous a demandé de manger en silence. La nourriture était mauvaise. Alors on a détesté le ragoût sans parler. Plusieurs avaient des larmes sur les joues.

Vers la fin du repas, mon voisin de table, en faisant semblant de garder le silence, m'a dit :

– Moi, je suis très fort au basket-ball. Notre équipe va gagner si tu ne nous fais pas perdre.

– Je n'ai jamais joué à ce jeu-là, ai-je protesté.

Après une prière à la fin du repas, en rangs, silencieusement, deux par deux, nous sommes sortis dehors. Il pleuvait. Personne ne voulait rester sous l'averse refroidie par le vent. Le vieux prêtre bloquait la porte :

– Mes petits hommes, prêchait-il, si vous ne pouvez pas supporter une pluie d'automne, pensez-vous que vous allez pouvoir franchir les difficultés sur le chemin de la vie?

En bas de notre colline, la ville s'étendait le long de la rivière, avec le pont, les rues croisées, les deux usines, la gare, les wagons, les rails du chemin de fer qui menait à mon village. Je ne pleurais pas. J'aurais voulu voir tout de suite les livres qu'il faut lire pour aller loin sur le chemin de la vie.

Avec l'air de vouloir nous faire un grand plaisir, le vieux prêtre annonça :

– Demain, nous allons jouer notre première partie de basket-ball.

Deux par deux, par ordre de grandeur, nous sommes montés au dortoir. C'était une immense chambre à coucher avec une centaine de lits alignés comme des tombes au cimetière. J'ai dû me déshabiller parmi tous ces étrangers, montrer mon sous-vêtement à des inconnus. Je ne savais même pas leurs noms. Je détestais mon pyjama neuf décoré de grosses fleurs. Le vieux prêtre a récité une prière et il a éteint les lumières. Alors, tout le monde a commencé à pleurer sous les couvertures.

Moi, je pensais au souper que je n'avais pas eu à la maison. Je pensais à mon père qui devait lire son journal dans son nuage de fumée. Je pensais à cette bonne bataille d'oreillers que je n'aurais pas avec mes frères. Je n'ai pas pleuré. J'étais venu à ce séminaire pour aller loin sur le chemin de la vie.

Aussitôt endormi, je me suis réveillé. Le vieux prêtre avait décidé que je ferais partie d'une équipe de basket-ball. Je ne voulais pas jouer. Je ne connaissais pas ce jeu-là. Je ne pourrais jamais lancer le ballon dans le panier. Mes bras, mes jambes ne sauraient pas quoi faire. J'aurais l'air perdu comme une puce de chien dans la fourrure d'un chat. Tous les étudiants se moqueraient de moi. Je ne jouerais pas au basket-ball!

J'ai ramassé mes souliers sous mon lit. Adroit comme un guerrier indien, j'ai rampé entre les lits jusqu'à la porte du dortoir.

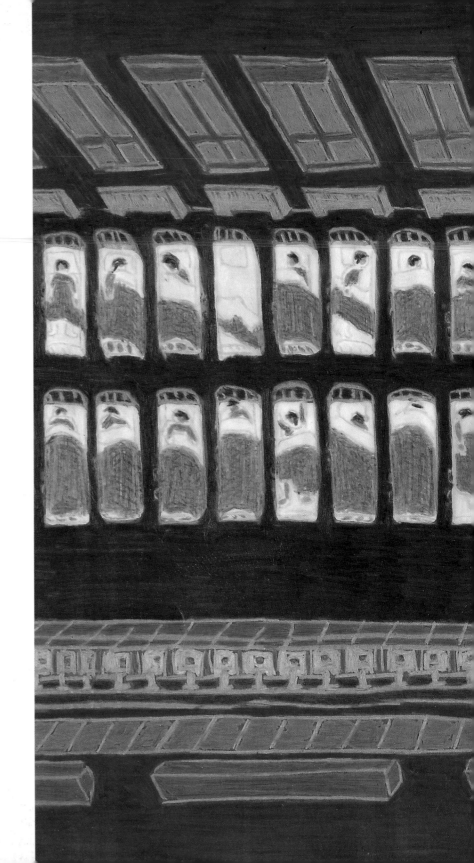

J'ai longé des corridors remplis de nuit. J'ai descendu des escaliers. J'ai poussé des portes. Il n'y avait aucune clarté de lune. Je ne voyais pas le bout de mon nez. Quand il fait noir, j'ai toujours peur de tomber dans un grand trou. J'osais à peine bouger. En tâtonnant, ma main a rencontré un commutateur sur un mur. La salle de basket-ball m'est apparue avec son plancher scintillant. Tant de lumière m'aveuglait.

Un ballon était posé au milieu de la salle. À chaque bout, très loin, était accroché un panier. Tout le monde dormait. J'étais seul. Personne ne verrait que je n'avais jamais joué au basket-ball. J'ai ramassé le ballon et j'ai voulu dribbler. Le ballon m'a sauté au visage. Mon nez a laissé couler une goutte de sang.

Personne ne pouvait m'espionner. J'ai rattrapé le ballon. J'ai fixé mon regard sur le panier. J'ai jugé la distance entre moi et lui. J'ai évalué la force que je devais donner à mon bras pour le lancer. J'ai calculé la courbe que le ballon devait suivre. J'étais prêt. J'ai lancé!

Le ballon a filé de l'autre côté, vers le panier derrière moi. Plusieurs fois, il a rebondi. Cela faisait un vacarme comme si j'avais frappé un tambour.

Je détestais ce jeu-là. Je ne jouerais pas.

Chez moi, à la maison avec ma mère, mon père, mes frères et ma sœur, personne ne me forcerait à jouer à ce basket-ball. J'ai décidé de m'enfuir. Alors j'ai laissé le ballon là où il était, j'ai éteint les lumières et j'ai suivi des corridors obscurs. J'ai poussé une porte. Enfin j'étais dehors.

Au pied de la colline, la ville égrenait ses lumières. J'ai chaussé mes souliers. La nuit était épaisse comme un gros nuage noir. J'ai marché longtemps. J'espérais ne pas rencontrer d'auto avec ses phares projetés sur mon pyjama à grosses fleurs. Non, je ne jouerais pas au basket-ball.

Quand je suis arrivé au chemin de fer, la pluie a commencé. Ses gouttes froides traversaient mon pyjama. J'ai commencé à courir. J'entendais ma respiration. C'était comme si un gros ours haletant m'avait poursuivi.

De chaque côté, les épinettes noires me surveillaient sous leur bonnet pointu. De temps en temps, une branche craquait. Des feuilles chuintaient. Je savais : la nuit, les animaux chassent. Parfois des yeux étincelaient. Je faisais le plus de bruit possible avec mes souliers. Je voulais que tout ce qui vivait dans la nuit pense que j'étais gros, grand, pesant et fort.

Tout à coup, des coups de feu ont éclaté dans ce si sombre silence. C'étaient des braconniers. Je me suis arrêté. Mon cœur battait fort. Un œil rond, trop brillant, s'est posé sur moi. Aveuglé, je suis resté paralysé dans sa lumière. Pour que les braconniers s'aperçoivent que je n'étais pas un chevreuil, j'ai crié.

Je les ai entendus s'approcher. Leur lampe de poche était toujours braquée sur moi. Je n'étais pas fier qu'ils me voient dans mon détestable pyjama à fleurs.

– Qu'est-ce que tu fais dehors en pleine nuit? a demandé la voix rude d'un braconnier.

– Je me suis enfui du séminaire, avouai-je.

– Et tu te trouves mieux sous la pluie? demanda la voix bourrue de l'autre braconnier, aussi invisible.

– Le vieux prêtre du séminaire veut m'obliger à jouer au basket-ball, expliquai-je.

– On est déjà les champions du monde au hockey; je comprends pas pourquoi ils forcent les enfants à apprendre d'autres jeux.

L'autre voix bourrue ordonna :

– Va te mettre à l'abri dans la tente là-bas.

Cinq, six coups de feu claquèrent. La forêt en était secouée. La pluie cinglait. Je frissonnais. Les arbustes mouillés collaient à mes jambes. Je courais vers la tente tachée de lumière jaunâtre. Que j'aurais voulu pouvoir me glisser sous les couvertures dans mon lit à la maison! Je ne pleurais pas. Je voulais aller loin sur le chemin de la vie.

J'entrai dans la tente des braconniers. Un fanal pendait au plafond. L'odeur était insupportable. Dans l'ombre d'un coin, deux yeux me fixaient. Dehors, des coups de feu explosaient. La pluie fouettait la toile. Tout autour de moi, des morceaux d'animaux avaient été jetés pêle-mêle. Dans le coin, c'était une tête d'orignal avec des bois. Là, c'était un jarret. Ici, des côtes. C'était affreux. Je ne pouvais rester dans ce charnier qui empestait le sang.

Fuyant aussitôt la tente, courbé sous la pluie glacée, je fonçai dans la nuit. Les coups de feu des braconniers résonnaient dans la forêt jusqu'au ciel sans étoiles.

Pourquoi m'étais-je enfui du séminaire?
Pourquoi avais-je peur de jouer au basket-
ball? Pourquoi avais-je quitté mon village, ma
maison? Pourquoi est-ce que je voulais aller
loin sur le chemin de la vie?

Je courais pour aller plus vite que ma
peur, pour dépasser la pluie, pour échapper
à la nuit. Les questions virevoltaient comme
des oiseaux noirs autour de ma tête. Les
semelles encore raides de mes souliers neufs
tapaient sur le bois des traverses. J'avais
peur.

Est-ce que je pleurais? Était-ce la pluie
qui embrouillait mes yeux? Mon pyjama
dégoulinait. Et, là-haut sur la colline,
j'aperçus la forme noire du séminaire avec
son dôme qui régnait sur la ville. Toutes les
fenêtres étaient éteintes. Mon pyjama à
grosses fleurs était froid comme de la glace.

– Je savais que tu allais revenir.

C'était le vieux prêtre qui balançait son
fanal dans la nuit.

– Je veux jouer au basket-ball!
annonçai-je.

Le lendemain, à mon réveil dans le dortoir, je
suis allé regarder par la fenêtre. De l'autre
côté de la ville, dans la montagne, les arbres
semblaient avoir été peints par des artistes.
La rivière et le chemin de fer zigzaguaient
côte à côte dans la vallée. C'était la paix. La
lumière était belle. Les braconniers devaient
être allés dormir.

Et pour la première partie de basket-ball, j'ai pris ma place dans notre équipe. Tout autour de nous, les centaines de visages des autres étudiants étaient alignés, comme des tomates sur des tablettes, avec des yeux qui nous surveillaient. Mes jambes sont devenues molles. Je ne savais pas jouer au basket-ball; ils allaient se moquer de moi.

Dès le début, le ballon a été projeté vers moi. J'aurais voulu me sauver. Trop tard : je l'avais déjà attrapé. Je le serrais contre moi. Alors j'ai pensé le lancer dans le panier mais je savais que j'en étais incapable. Le panier était trop loin, trop haut, trop étroit. De plus, je ne me souvenais pas si ce panier était le nôtre ou celui des adversaires. Un peu plus tard, sans que je puisse l'arrêter, le ballon m'a bondi au visage.

– Tu fais des progrès! répétait le vieux prêtre, tu fais des progrès!

Nous avons perdu notre première partie. Notre deuxième aussi. Puis notre troisième. Et notre quatrième...

Durant la cinquième partie, j'ai reçu le ballon. À l'autre bout de la salle, tout à coup, le panier me paraissait large, large. J'ai lancé. Le ballon est tombé dans le filet silencieusement, comme un pied dans une chaussette.

Sur la photographie des champions de l'automne, c'est moi qui porte un chandail des Canadiens de Montréal. Je n'ai pas l'air d'être un champion. Je tiens un livre. J'avais commencé à lire beaucoup, car je voulais aller loin sur le chemin de la vie.

Nous dédions ce livre à tous les auteurs et
illustrateurs dont les histoires nous ont
aidés à aller loin sur le chemin de la vie.

Roch Carrier et Sheldon Cohen

© 1996 Roch Carrier : texte
© 1996 Sheldon Cohen : illustrations

Publié au Canada par Livres Toundra, Toronto, Ontario M5G 2E9, et aux États-Unis par Tundra Books
of Northern New York, Plattsburgh, N.Y. 12901

Fiche du Library of Congress (Washington) : 96-060938

Données de catalogage avant publication (Canada)

Carrier, Roch, 1937 -
    Le joueur de basket-ball

Pour enfants.
ISBN 0-88776-368-5

    I. Cohen, Sheldon, 1949 - . II. Titre.

PS8505.A77J69 1996   jC843'.54   C96-900249-1
PZ23.C37Jo 1996

Pour la compilation et l'édition du présent ouvrage, Livres Toundra a puisé des fonds dans la
subvention globale que le Conseil des arts du Canada lui a accordée pour l'année 1996.

00 99 98 97 96   5 4 3 2 1

Transparences : Image par Image, Montréal

Imprimé à Hong Kong par South China Printing Co. Ltd.

Également offert en anglais de l'éditeur : *The Basketball Player* ISBN 0-88776-367-7